THE ICHINOSE FAMILY'S DEADLY SINS

2

Kakerus
Verschwinden

taizan5

Die Charaktere

Tsubasa Ichinose

Achtklässler, der bei einem Unfall sein Gedächtnis verloren hat. Seine unbekümmerte Einstellung, dass er sich nicht unbedingt wieder an alles erinnern muss, steht in Kontrast zu seinem Leben an der Schule, denn dort wird er gemobbt.

Shiori Ichinose

Tsubasas kleine Schwester geht in die 7. Klasse. Ihr Bruder ertappt sie dabei, wie sie mit einem bedeutend älteren Mann auf ein Date geht.

Story

Der Mittelschüler Tsubasa Ichinose verliert bei einem Autounfall sein Gedächtnis. Als er seine Familie wiedersieht, muss er feststellen, dass auch seine Angehörigen ihre Erinnerungen bei demselben Unfall verloren haben! Gemeinsam erzählen sie sich ausgedachte Geschichten über Reisen, in der Hoffnung, so ihren Erinnerungen auf die Sprünge zu helfen. Als sie jedoch endlich in ihr Zuhause zurückkehren, werden alle in ihren Zimmern mit der eigenen Vergangenheit konfrontiert, mit der niemand gerechnet hat! Offenbar sind sie nicht die Familie, für die sie sich gehalten haben. In der Schule versöhnt sich Tsubasa mit seinem Mobber Nakajima, beschließt aber dennoch, es allen anderen heimzuzahlen, die das Mobbing unterstützt haben. Daraufhin werden er und Nakajima von ihrer Lehrerin zu einer Spendensammel-Aktion verdonnert. Dabei beobachten sie zufällig, wie Tsubasas Schwester Shiori mit einem älteren Mann auf ein Date geht. Die beiden nehmen die Verfolgung auf...

THE ICHINOSE FAMILY'S ★ DEADLY SINS

Minako Ichinose

Tsubasas Mutter

Kakeru Ichinose

Tsubasas Vater. Er mag kein scharfes Essen.

Sachie Ichinose

Tsubasas Großmutter

Kozo Ichinose

Tsubasas Großvater

Shuta Ahamizu

28-jähriger Angestellter. Mit ihm verabredet sich Shiori.

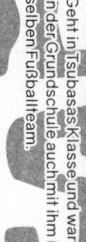

Yuki Nakajima

Geht in Tsubasas Klasse und war in der Grundschule auch mit ihm im selben Fußballteam.

The Ichinose Family's Deadly Sins

Inhalt

Aus dem Japanischen von Gandalf Bartholomäus

Mir geht's gut...!

Spinnst du?

Schon mal was von Privatsphäre gehört?!

Du hast mich geschubst!

Was?

Und ...

Hau ab!

Kapitel 8: Tsubasas Sprint

Dein Gesicht sagt was anderes.

Also...

Wenn der Stress macht...

... werd ich mal ein Wörtchen mit dem reden und...

BLITZ

Sag's mir einfach!

Da ist doch was im Busch!

Was ist mit diesem Typen?

Äh, also...

Hä?

Halt dich da raus! Das geht dich nichts an!

Ich will doch nur helfen...

Also irgend- wie...

Wie bitte?

Ist ja toll, dass der dir Sachen kauft und so.

Findest du das nicht eklig?

So was von!

... macht mich das gerade stinksauer.

... das sah voll albern aus!

Aber wie du dem schöne Augen gemacht hast...

Ja, du hast richtig gehört.

Verlass dich...

Dann wirst du...

... einfach auf mich!

Immerhin bin ich dein...

Du hast doch keine Ahnung. Du bist noch ein Kind!

Mit so was kommst du also am besten zu mir.

Ich mach das nicht, weil's mir Spaß macht.

Du checkst nichts! Also lass das Theater!

Vor allem...

... nicht mal selbst Freunde hast!

... wenn du...

... eigentlich wirst du gemobbt!

Das ist...

Wa...

Zuhause tust du immer so fröhlich...

Ich weiß Bescheid!

Genau!

... aber ...

Du kriegst nicht mal deinen eigenen Kram auf die Reihe!

... so erbärmlich!

Von so jemandem brauche ich garantiert keine Ratschläge!

... du wärst nicht mein Bruder!

Ich wünschte...

Schau an...

Äh...

Dich hätte ich hier am wenigsten erwartet.

Ich war gerade auf dem Heimweg.

Ja...

Ihr habt euch gezofft?

Verstehe.

Na ja...

... aber ständig muss man ihr alles aus der Nase ziehen!

Ich war auch nicht gerade nett zu ihr...

Sie hat einen Stoffhasen nach mir geworfen!

Shiori ist echt das Letzte!

Voll gewalttätig!

Die kann mir gestohlen bleiben!

Ach, scheiß drauf!

...

Tsubasa...

Vielleicht...

... will sie ja nur nicht mit mir reden.

Shiori bedeutet dir wirklich viel, oder?

Na ja... Hä? ... bist du ihr großer Bruder. Trotz Amnesie...

Das sieht man.

Du machst dir Sorgen um sie, oder?

Sorgen...

...

Hör
mal...

Also...

... ich hab
sie wirklich
verletzt.

Ich
glaube
...

Das ist doch...

... kein Weltuntergang!

Schau mich an!

Ich weiß nie, was ich sagen soll, und dann ist mir die Stille peinlich.

Keine Ahnung, ob du damit was anfangen kannst...

Das sollte mir als Vater nicht passieren!

... aber...

Was?

Wir alle...

... sitzen im gleichen Boot.

Ist doch logisch, dass es da mal kracht.

Wir wissen nichts über die anderen!

... ich finde es schön, dass du ihr helfen willst.

Und daran ist garantiert nichts verkehrt!

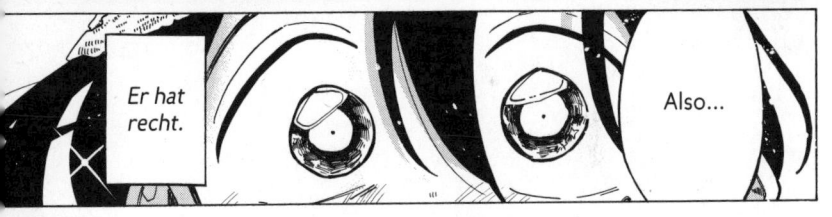

Er hat recht.

Also...

... ein guter väterlicher Rat war?

Aber ob das...

Ja.

Das war jetzt...

Äh...

... einfach nur meine Meinung...

... mach mir nur *Sorgen.*

Ich...

Übrigens...

Schon gut.

Danke...

...Papa!

Ich bin zurück!

Tsubasa?

Äh...

Wär's dir lieber, wenn ich als Vater mehr nachfrage über...

Hör mal, wegen eben...

Shiori!

Oh!

Shiori ist gerade rausgegangen.

Wollte noch 'ne Runde drehen.

Ich...

Sorry, dass ich dir gefolgt bin!

... geh auch noch mal raus!

Weil ich...

... war ich nur besorgt.

Eigentlich...

Sorry für das, was ich gesagt hab!

Weil...!

... dein
Bruder
bin!

Oh?

Kennst
du den?

Tsuba-
sa?

Ich
sterbe
...

Shit!

Haaah
...

Hör
mal...

Ööh...

Was macht der Junge hier?

Ist das ein Kind?

Was ist da los?

Wir haben keine Zeit, also...

Wer bist du?

Ich gehe in die Klasse 8-A der Mittelschule Kagiyama!

Ich heiße Tsubasa Ichinose!

... heißt Shiori Ichinose.

Das Mädchen bei Ihnen...

Hä?

Sie ist meine kleine Schwester!

Darum...

Tut mir leid, dass ich...

... so erbärmlich bin!

Lassen Sie sie in Ruhe!

Und dass ich kein coolerer Bruder bin!

Aber...

Ich bitte Sie!

... ich mach mir nur mehr Sorgen um dich als um alle anderen auf dieser Welt!

Ah!

Es hat geklappt!

7 7 7 7
Entsperren

KLACK

Eine Woche zuvor

Kapitel 9: Tsubasas Rettung

Vielleicht finde ich ja in meinem Handy was.

Aus meinen Klamotten und meinem Zimmer werde ich nicht schlau.

Was für ein Mädchen war ich davor?

Oh?

DING

← Shuta

Du meldest dich gar nicht mehr. Ist was passiert? 😔

vor 2 Tagen

Hallooo? 😕
Ich vermisse dich! 😭

Wollen wir uns mal wieder treffen? Lass uns was Süßes essen, das magst du doch so gern! 😊

vor einem Tag

Alles okay?

Ist das...

... etwa...

10

75

richtigungen

D M

... ein Freund von mir?

Ah!

Da bist du ja, Shiori.

Hast du lang gewartet?

Ugh...

Sag bloß...

Süßes Outfit heute.

Oh mein Gott...!

Ich bin erst in der Mittelschule!

Hab ich mich öfter mit dem getroffen?!

SCHAUDER

PA

SCHAUDER

Ähm...

Äh?!

... du hast dich für mich rausgeputzt?

TT

Klaro!

... wenn du mich niedlich findest!

Ich...

Deswegen hab ich es ausgesucht!

... dachte mir, dass es voll toll wäre...

Du bist echt süß!

DRÜCK

Was?

Hä?!

Na, dann sag ich das heute noch viel öfter.

Haha!

SCHAUDER

Mir wird schlecht!

SCHAUDER

Stinkt der nach Parfüm!

SCHAUDER

Also, wollen wir?

Wah!

SCHAUDER

Ich muss es ihm sagen!

Als wäre er nicht mein eigener.

... aber mein Körper bewegte sich wie von selbst.

Alles an mir sträubte sich...

Aber...

Und auch, dass ich...

... nichts mehr weiß!

Dass ich das nicht will!

Bitte helft mir!

Irgendjemand!

Shiori!

Komm, gehen wir nach Hause.

Hey!

Also ...

Das mit vorhin tut mir leid.

Tsuba-sa...

Shiori!

Hast du eben gesagt, dass du auf der Mittelschule bist?

Äh...

Ja.

Und ich...

Bin ich.

Ja!

Äh...

Und du bist ihr älterer Bruder?

... nehm Shiori jetzt mit nach Hause!

SCHOCK

Oh, Gott!
Das war mir
überhaupt
nicht klar!

Auf der
Mittel-
schule?!

Dann bist
du ja so was
von minder-
jährig!

Aber
nur rein
zufällig! Ich
schwör's!

Und gerade
wollten wir
nur in ein Café
gehen!

Wir haben
uns nur nett
unterhalten!

Okay, ich
hab mal ihre
Hand gehalten
und so...

Äh...

Shiori
...

Tsuba-
sa...

Ich...

Mehr
war da
nicht!

Ähm
...

Okay.

Warum ...

Bist du okay?

... weinst du denn?

Es nervt mich...

... als mein großer Bruder aufspielt.

Ja, ich weiß!

Tu ich gar nicht!

Was?

... dass sich jemand wie er, der selbst nicht klarkommt...

Aber...

Du heulst doch!

Danke,
Tsubasa.

Mhm.

*Ich bin froh,
dass er mein
Bruder ist.*

Ähm, okay...

War das so schwer für dich?

Mal was anderes ...

D...

Danke.

Klar.

Jetzt lässt er dich in Ruhe.

Schwupps!

Schon gelöscht.

Unterhaltun

Ja Abbr

* Gekritzel: Stirb

Dein Zimmer... Was geht denn hier ab?!

Aber man gewöhnt sich an alles.

Ach so... Beim ersten Mal hab ich mich auch erschreckt.

Ich nehm's nur noch als gemusterte Tapete wahr.

Hier war auch 'ne teuer aussehende Kamera.

KLICK

Nimmst du eigentlich irgendwas ernst?

Hä?

Hm?

KLICK

Warum nicht?

Du wolltest doch mein Zimmer sehen!

Aber das ist megagruselig!

Ist eigentlich voll gemütlich.

Hier kannst du schlafen?!

... und warum ich mich mit diesem Typen getroffen habe.

Warum mein Zimmer so aussieht...

Aber nichts davon macht Sinn!

Ich...

... zerbrech mir jeden Tag den Kopf!

Deswegen...

Wäre das denn so schlimm?

Wenn wir uns nicht mehr erinnern?

... so viel Scheiße passiert.

In der Schule ist mir...

Ich sag das nicht nur so, ehrlich!

... Witze über Papa gemacht, weil er kein scharfes Essen verträgt.

Da war ich so erleichtert!

... alle zusammen Curry gegessen.

Aber gestern haben wir...

Wir haben sogar...

Ich war super-froh...

... dass wir auch ohne Erinnerungen so eine tolle Familie sind.

Weil es...

Natürlich will ich da helfen!

... sorg ich mich, wenn's einem von uns schlecht geht.

Natürlich...

Tsuba-sa...

So Isses!

Gerade lächeln alle.

Da ist mir egal, was früher mal war.

... viel schöner ist...

... wenn wir zusammen lächeln können.

Genau das hast du im Krankenhaus schon gesagt.

Was?

Null Fort-schritt.

Aber...

Du treu-doofer Dackel!

... es klingt eindeutig nach dir.

... sollte ich auch aufhö-ren...

... mich wegen früher verrückt zu machen.

Solltest du.

Ja.

Ach ja?

Viel-leicht...

Was ist?

Nichts.

Bilde ich mir das nur ein?

Na hör mal?!

Hä?

Nur deine unbekümmerte Visage.

...

Wow, das Brötchen ist ja lecker.

Okaaay!

Ich wasche heute übrigens Wäsche, nur damit ihr's wisst!

Echt?

Guten Morgen!

Oh!

Hey, Papa...

Ich geh dann mal.

Sooo...

Bis später!

Oh...

So dringend?

Ah!

Sorry, Tsubasa.

Ich muss jetzt wirklich los!

Kapitel **10**: Kakerus Verschwinden

*Gericht aus der Haut gekochter Sojamilch

Dann verreisen wir also echt als Familie?

Äh! Also ... Papa...

Äh...

Papa?

Okay... Hm?

Ich muss noch kurz los.

Ent- schuldigt mich.

KLANK

Alles okay?

Oh, Tsubasa.

Wir haben uns gefragt, wo du bleibst...

Der ist in letzter Zeit so komisch.

Sicher?

...

Alles gut.

Ach so...

Ja.

Ist das erste Mal...

... dass wir alle zusammen was machen.

Ich...

... freu mich wahnsinnig auf unseren Ausflug!

Hör mal...

... Papa.

... danke
für alles.

Ich bin
froh...

Mein Streit
neulich mit
Shiori...

Und
noch
was!

Dank
dir haben
wir uns
vertragen.

Also...

... mein
Vater
bist.

... dass du,
Kakeru...

Ach ja?

Seid ihr start-klar?

Danke fürs Warten.

Wooow!

Super, dass das Auto recht-zeitig aus der Werkstatt kam!

Dann düsen wir mal los!

Dann müssten wir gegen Mittag dort sein.

Jupp!

Aber seltsam, dass wir uns alle dort treffen, oder?

Ein Auto! Wir haben ein Auto!

Wie lange fährt man nach Nikko? Zwei Stunden?

In der Kühlbox sind übrigens Getränke.

Hey!

Hört mal.

Köstlich!

Soll gegen Übelkeit beim Autofahren helfen.

Was? Echt?!

Danke, Papa!

Klar!

Wow!

Limo!

Dein Ernst?!

Warum lernst du...

Ist viel Zeit.

Zwei Stunden also, ja?

... diesem alten...

Und du? Chattest du wieder mit...

... nicht ein bisschen?

Was machen wir so lang?

Spielen wir Wortkette?

Worum geht's?

... und ich bring dich um!

Noch ein Wort ...

Aaaaah!!

Aber...

Bist du ein Baby?

Oh, das hab ich lang nicht mehr gespielt!

Vertragt euch!

...

Ich will nur viele schöne neue Erinnerungen sammeln, auch im Auto!

... das ist unser erster Familientrip!

Lachs!

Germknödel!

Äh...

Salat.

T...

Uff...

L...

Lauch.

Honig.

Geht's nur ums Essen?

Du machst doch mit?

Whoa!

Apfel.

Schnauze!

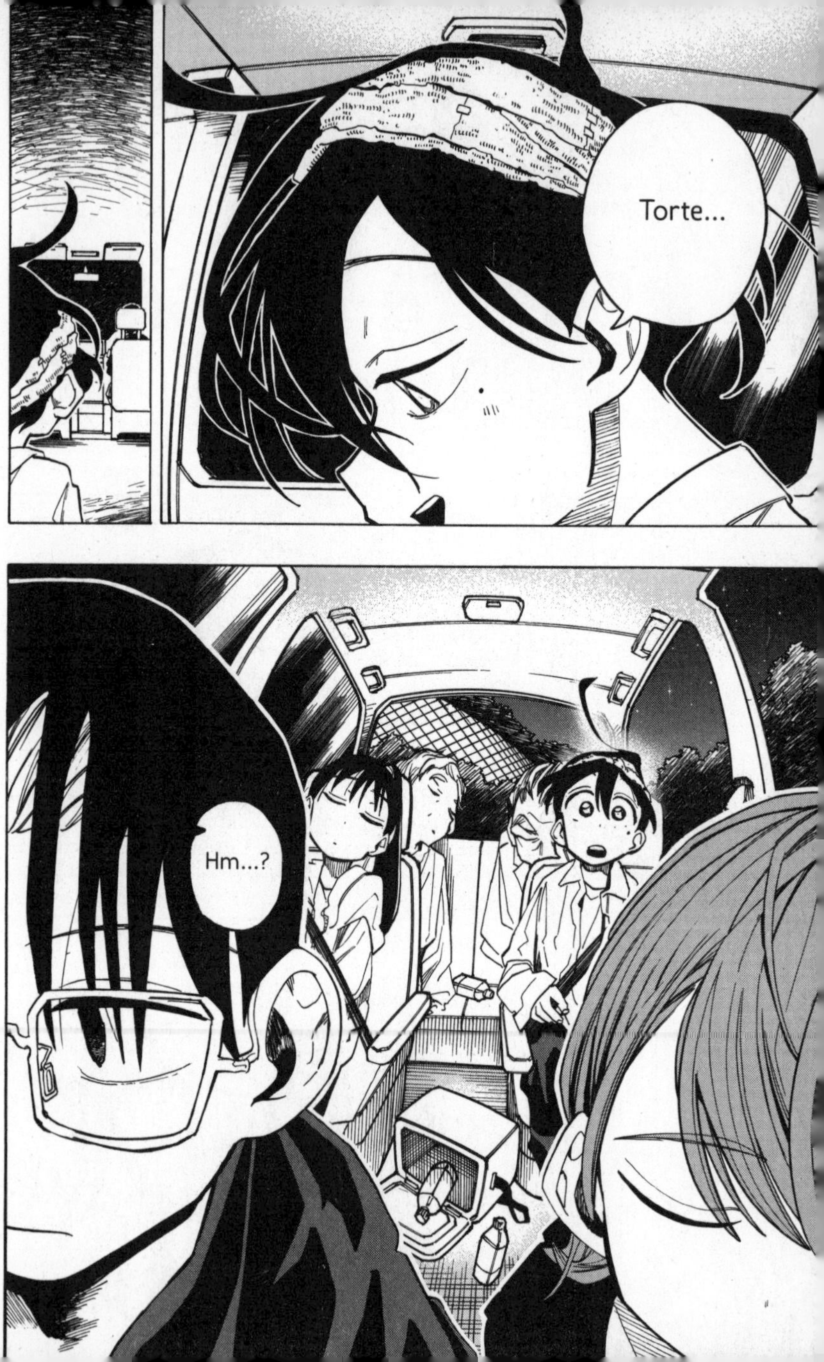
Torte...
Hm...?

Sieht so aus.

Äh, ja.

Bin ich eingeschlafen?

Äh...

Papa.

Wollten wir nicht bis Mittag da sein?

Ähm?

Wir sind gleich da.

Mh.

Ach so.

So kann es nicht weitergehen.

Tsubasa...

Hä?

Was
...
... meinst du?

Warum hast du Nakaji-ma...

... nichts über ihn gefragt?

Mir wurde das auch zu spät bewusst.

Nur lächeln zu wollen, genügt nicht.

Äh...

Papa ...

Woher ...

Aber ...

... überall waren Hinweise.

Wir als Familie, aber auch im Wohn-zimmer...

Hä?

Und genauso bei Shiori.

Du hast einfach die App gelöscht und das war's.

Du hast sie nichts gefragt.

BLITZ

... du hast nicht mal versucht, mehr zu erfahren.

Auch nicht, was den Unfall angeht...

Wir sind immer noch nicht schlauer.

...apa...

Tsubasa...

Mo-ment!

Warte!

Vergib mir.

Wer
seid ihr
alle?

Und
wer
ist...

*Ich
war
doch
gera-
de...*

Hä?

...
»Tsuba-
sa«?

Gute
Idee!

Stellen
wir uns
vor?

Ja.

Äh.

Also
dann.

Sieht aus,
als hätten wir
alle unser
Gedächtnis
verloren.

STECH

Ah!

Ich bin Kakeru Ichinose.

Schön, dich kennenzulernen!

Ich schätze, ich bin dann wohl dein Vater.

Angenehm...

Tsubasa!

Tsubasa!

Ebenso ...

Ich bin...

... deine Oma, Sachie.

Wir erinnern uns auch an nichts mehr.

Kapitel 11: Tsubasas Wiedersehen

Wobei, ich bin auch erst gestern aufgewacht.

Ich heiße Minako.

Ich bin deine Mutter.

So strange.

Und...

Shiori, deine Schwester.

Bist du jetzt mein großer Bruder?

Oh!

Ich bin Kozo, dein Opa.

Wir hatten...

... einen Unfall in Fukui.

Toll!

... ich bin dein Vater.

Schön, euch alle kennenzulernen!

Kakeru Ichinose.

Kakeru Ichinose

Tsubasa.

Aber....

Anpassungsfähig.

Haha!

Tsubasa.

Hm?

Du bist ja aufgeweckt.

Okay!

Äh...

Komm, wir gehen!

死 死 死 死...（壁一面）

素直な心

*Aufrichtiges Herz

Leute!

BLITZ

Das... hab ich doch schon mal erlebt...

Was?

Na dann...

Ganz normal. Nichts Besonderes.

Ach.

Wie waren... eure Zimmer denn so?

... Umstände gibt, von denen wir jetzt noch nichts wissen.

Es ist gut möglich, dass es in unserer Familie...

... wie wir von diesem Moment an weiterleben!

Aber jetzt kommt's nur darauf an...

Papa...!

... als neue Familie Ichinose!

Lasst uns zusammenhalten...

Juchhuuu!!!

Auf die Familie Ichinose!

BLI

... ohne PIN.

Die alten nützen euch nicht viel...

Krass!

Boah, neue Handys?!

Danke!

Ich bewahre die alten für euch auf.

»Shioris Handy...

Oh!

Tsubasa!

Hm?

Du gehst morgen wieder zur Schule, oder?

... hast du auch nicht genauer untersucht.«

... über etwas reden.

Wir müssen noch...

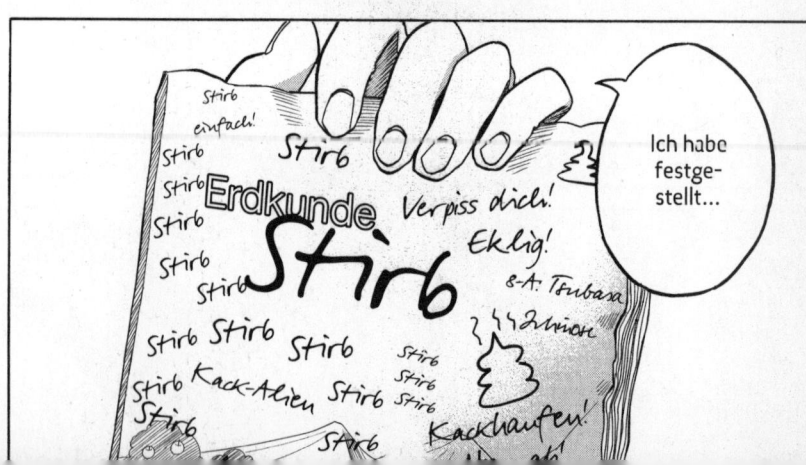

Ich habe festge-stellt...

Stirb
einfach!
Stirb
Stirb
Stirb **Erdkunde** Verpiss dich!
Stirb **Stirb** Eklig!
Stirb Stirb 8-A: Tsubasa
Stirb Stirb Stirb
Stirb Stirb Stirb Stirb
Stirb Kack-Alien Stirb
Stirb Stirb Kackhaufen!

Es kann nicht sein, dass von euch...

... dass Tsubasa gemobbt wird.

Tsubasa...

BATAMM

... niemand davon wusste.

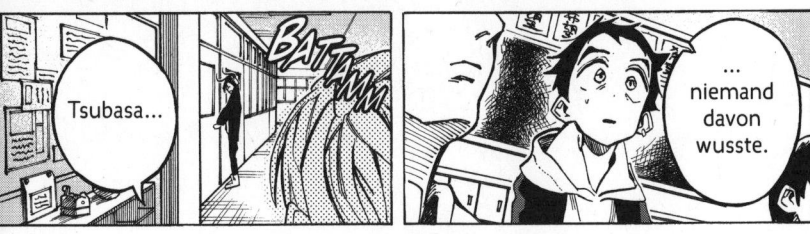

... der mich immer fertiggemacht hat.

Das war wohl ein Junge...

Wie war's?

Ja?

Aber das hat sich jetzt erledigt.

Oh, Papa.

Ja, ich auch.

Ich bin so froh, dass du gestern mein Erdkundebuch gefunden hast!

Hä?

Aber...

*Weniger Lebensmittelverschwendung für unsere Erde

Glückwunsch...

... zur Entlassung aus dem Krankenhaus!

Ichinose!

Weißt du nicht mehr, wer wir sind?!

Äh...

Erinnerst du dich wirklich an nichts?

Papa!

Du bist echt unglaublich!

Ach was...

Wir helfen uns gegenseitig.

Ja!

... aber du hilfst, wo du kannst!

Du hast auch dein Gedächtnis verloren...

Ich konnte...

... wohl auch nicht gut kochen.

Leider sind die Kartoffeln zerkocht...

Egal!

Wie auch bei dem Curry, das wir zusammen gekocht haben.

Nur lächeln zu wollen, genügt nicht.

Es kommt nicht auf die Vergangenheit an!

Solange wir alle lächeln können...

Papa...

Sondern auf das, was uns erwartet!

Was ist das?

Schon wieder?

Hä?

BLITZ

Ach übrigens.

... so viel Spaß.

Du hast nicht mal versucht, mehr zu erfahren.

Wir haben doch gerade...

Nein.

Mir auch nicht.

Nö, mir nicht.

BLITZ

BLITZ

Hab das Scharfe verwendet.

素直な心

Ist euch das Curry zu pikant?

Wer zur Hölle...

... bist du?

Was meinst du?

Na...

An den alten Kakeru?

Erinnert ihr euch nicht?

Und ihr?!

Tsubasa...

... schon mal hier waren!

Dass wir alle...

Hä?

Ah!

... bringt dich durcheinander.

Deine Amnesie...

Alles okay?

Ja, bestimmt.

Ruh dich lieber aus.

Nein. Ich...

Irgendwas stimmt hier nicht!

Aber wenn ich's dir doch sage!

Ich weiß, wie verrückt das klingt, aber...

Das ist unser zweites Mal!

Schon klar.

Wir waren schon mal hier!

Bist du immer noch verwirrt?

Du würdest es checken, wenn du den echten Kakeru sehen würdest!

Na, den echten halt!

Wie, den »echten«?

Wir müssen ihn entlarven!

Mit Papa ist irgendwas faul!

Jetzt hör schon auf.

Erinnerst du dich noch an ihn?

Und dieser Shuta?!

Dein alter Knacker!

Wie bitte?

Wir sammeln keine Punkte.

Nein.

Haben wir nicht.

Oh... Entschuldigung.

... und eine Erd-beer-Fanta, korrekt?

... kleine Pom-mes...

... eine Cola-Zero...

Also dann. Einmal Chicken-Nuggets...

Kakeru?!

Kennen wir uns?

Hier, eure Bestellung.

Was?!

Also, wenn das jetzt alles war, geht bitte.

Ich bin's, Tsubasa!

Papa!

Hä?

Ich mein's ernst!

Der echte Kakeru... ist doch Kakeru, oder?

Den echten...?

Ich hab ihn gesehen!

Den echten Kakeru! In dem Burger-Laden vor dem Bahnhof!

Nein, nicht der!

Den Schwarzhaarigen mit Brille!

Tsubasa...

Das lässt sich bestimmt erklären.

Na ja...

Aber er hat dich doch nicht mal wiedererkannt!

Denkst du dir wieder lustige Geschichten aus?

Ich bin zurück!

Ich geh heute früher.

Entschuldigt.

Oh. Okay.

Auf keinen Fall!

Hallo, Kakeru.

... zurück ins Krankenhaus, hm?

Wenn das so weitergeht, solltest du vielleicht...

Vor dem Bahnhof...

Ich bin dein Sohn!

Papaaa!

Erinnere dich doch! Ich bin's, Tsubasa!

Äh...

Nur das Gratis-Lächeln, bitte.

Ups...

Erstens, ich hab nicht mal Familie...

... nichts bestellst, dann...

Ich kenne dich nicht. Wenn du...

Eine Fanta Traube!

Oh.

Tut mir leid. Was möchten Sie...

... bestellen?

Tsubasa.

Hä?

Zu dem Laden mit deinem »echten Papa«?

Alles okay?

Gehst du noch hin?

Ah!

Mum!

Lass das in Zukunft bleiben!

Komm doch mal mit, dann...

... verstehst du es auch!

Ja, jeden Tag.

Morgen auch wieder.

Er kann mir bestimmt...

... irgendwas ist da faul!

Aber ...

... mehr erzähl...

Wozu also das Ganze?

Was?

Er erkennt dich nicht.

... dieser Versager?!

Wen juckt schon...

Weißt du irgendwas?

Hast du Versager gesagt?

Hör mal zu!

Was?

Ich hab gesagt, du sollst damit aufhören!

Was ist daran so schwer zu verstehen?!

Tsuba-sa.

BLI

Äh...

Tsu-basa.

... wann Schluss ist!

Du weißt nie...

Bring mich nicht dazu, mich zu erinnern!

ZUCK

Ähm...

Sorry...

Oh...

PA

TAMM

Mum...?

Ich spüre schon lange...

...
existiert
dieser
Ort.

Hey!
Guck
mal!

Ist das
nicht...?

Ich
spreche
ihn an!

Hey!
Pap...

Hier
wohnt
er also.

Das
ist Kake-
ru!

KVACK

Nicht erinnern!

Nicht erinnern!

Nicht erinnern!

Nur nicht erinnern!

Mir geht's gut.

Alles ist gut.

*Schokobrötchen, Bananenbrötchen

Auf keinen Fall darüber nachdenken!

Danke, Onkel!

Hier komme...

... ich zur Ruhe.

Kenta freut sich auch!

Ich freu mich auch.

Klar, gerne.

Danke, dass du...

... täglich vorbeischaust, Kakeru!

Kapitel **13**

Oh!

Hey...

Ein Typ wie er?

Ich bin zurück.

Oh...

Tsubasa!

KLANK

KLANK

KLANK

KLANK

BIEP

Hey...

Minako.

Dann reden wir...

... später.

BATAN

Okay...

Wie war's

... in der...

... Schul...

Magst du Nuggets?

Hab ein paar Reste von der Arbeit mitgebracht.

Dieser Versager geht mir fremd?

Bring keine mehr mit.

Wie oft noch?

Sorry.

Ja.

Das kann nicht sein.

Die leeren Kalorien ...

Nein.

... braucht kein Mensch.

Wow!

Vielen Dank!

Aber die schmecken super!

Sind nur Reste.

Nicht doch.

Mein Sohn freut sich immer riesig!

*Family-Nuggets

Da bin ich wieder.

Ich bin Minako Ichinose.

W C

FSCHH

Stimmt.

... ist der echte Kakeru Ichinose.

Und...

Der unbekümmerte Kerl aus dem Burger-Laden...

Das Öl muss ranzig gewesen sein.

War das eklig.

Aber...

... aus irgendeinem Grund kennt er mich nicht mehr.

Außerdem ist der Kerl, der den Vater spielt...

Einen wie den kann ich eh nicht gebrauchen.

... ist vielleicht besser so.

Hey...

Und dann...

Das werdet ihr nie glauben! Dann waren da noch...

... eine Frau und ein kleiner Junge bei meinem echten Papa!

Wie oft noch! Das ist nicht der echte!

Was?

Ja, aber ...

Der hat 'ne eigene Familie.

Was war das für eine Frau?

Tsubasa.

Sie sind in dieses Haus gegangen!

Und den kleinen Jungen...

Äh...

Wir könnten mal klingeln.

Tsubasa...

Kommt nicht infrage!

... hielt sie immer an der Hand.

Sie sah nett aus und hatte schwarze Haare...

Was?

Wusste ich's doch.

Genau.

Diese Wohnung hier!

Ganz sicher!

Hier.

Da.

... hier?

Mum?

Ist er auch jetzt...

Kein Zweifel.

Hier ist er immer reingegangen.

Minako.

Auch mit seiner Familie und so...

Papa weiß inzwischen, wie ich aussehe.

Gehen wir? Jetzt hast du's ja gesehen.

Wäre komisch, wenn er uns sieht.

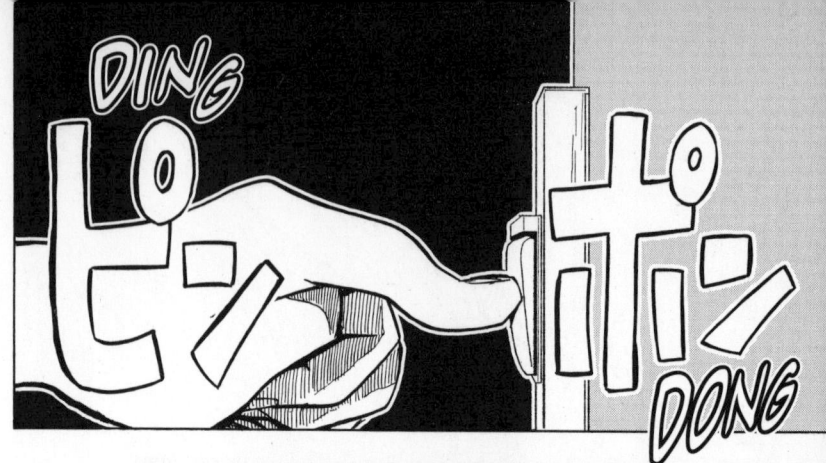

Und leben fröhlich vor sich hin.

Hey?!

Die sind da drin.

Hm?

Ich muss ihn sehen.

Ihm ins Gesicht blicken.

Machen einen auf Familie.

Grinsend vor Glück.

DONN

DONN

DONN

Was ist da passiert?

Damals...

Stimmt. Ich war schon mal hier.

Damals...

KLACK

Komme schooon!

Onkel!

KLACK

Guck mal, was ich...

Der Junge von neulich!

Ah!

Oh...

Komm jetzt, Mum!

Sorry! Haben uns in der Tür geirrt!

Kenta! Hast du einfach aufgemacht?

Mama!

Das war nicht der Onkel.

WUBB

Mum?

Oh!

Aber sag mal...

Wenn ich ihn zu Hause belästige...

... redet er gar nicht mehr mit mir!

Ich geh jeden Tag zu ihm in den Laden.

Zum Glück war Papa nicht da!

Hff!

Hff!

Sonst wärst du nicht mitgekommen.

Hm...

Und du hast ihn Versager genannt.

Du erinnerst dich an irgendwas, oder?!

Was Kakeru angeht...

Kakeru muss irgendwas wissen...

Zweimal Amnesie? Und dann noch...

... dieser Fake-Typ?

Ich...

... hab so viele Fragen an ihn.

... was mit unserer Familie los ist!

Ich will auch wissen...

Wenn du was weißt, sag es mir!

Mum!

Dein Vater hatte...

... eine Affäre.

Kakeru...

Weißt du...

... was das ist?

Hä?

Du wolltest es doch wissen!

Nichts da, aber!

Aber...

Ich...

Zwei Jahre ging das so.

Tu ich nicht.

Du lügst.

... ist ständig zu dieser Wohnung gegangen.

Obwohl wir verheiratet waren.

Ich wünschte, ich hätte mich nie erinnert!!!

Ich hatte es doch so gut verdrängt.

Darauf hätte ich echt verzichten können.

Aber nein, irgendjemand musste ja...

Äh...

Echt mal.

Er arbeitet immer noch dort.

Pahaha!

Und wohnt mit denen zusammen.

Das wollte ich nicht wissen.

Aber Mum...

Nicht, wenn es so weh tut.

Mum!

Warte!

Tut mir leid.

Mum...!

Ist bestimmt noch auf Arbeit.

Sie isst kaum noch mit uns zu Abend.

Ich mache mir Sorgen.

Minako ist...

... noch immer nicht zurück?

Ähm...

Nö.

ZUCK

ZUCK

Hat sie dir irgend-was gesagt, Tsubasa?

Keine Ahnung.

Affäre

✕ 🔍

Tsubasa.

Deinem Papa kannst du alles sagen.

Alles okay?

Du wirktest vorhin so bedrückt.

Ich würde niemals eine Affäre haben.

Du...

... bist nicht mein Papa!

Jetzt sei doch nicht so.

Was?

Ich würde nie jemanden betrügen.

Dich übrigens auch nicht, Tsubasa.

Also vergiss doch langsam deinen echten Papa.

Wir haben euch jetzt endlich entzweit.

Du wolltest nie irgendwas davon wissen.

Hör mal.

... sagst du da?

Was...

So wie ich es immer schon getan habe.

Und ich hab einfach nur zugeschaut.

Ich wusste es.

... würde wieder alles werden wie früher.

Hauptsache, alle haben Spaß.

Deshalb wollte ich mich gar nicht erinnern.

Ich hab lieber alles weggeschoben.

Denn wenn ich mich erinnern würde...

Aber...

Bitte...

Trotzdem!

Ich muss mich trotzdem erinnern!

Ich will es wissen, auch wenn ich Angst hab!

Wer ich bin...

Ich muss es wissen!

Das hat mir mein Papa beigebracht.

Also...

Dass auch die Vergangenheit zählt!

Und wer unsere Familie ist!

Mum!

Minako!

Minako...

Bitte!

Ohne Witz...

Wir sind doch eine Familie!

... mehr über dich wissen!

Ich möchte...

Lass uns das zusammen durchstehen!

Du bist so ein Narr, Tsubasa!

Wenn du erst einmal alles weißt...

Als ob das so einfach wäre.

Du bist Kenta, oder?

Hey!

... verlierst du sie...

... alle...

... erneut.

... hm?

Möchtest du mit mir spielen gehen...

Kapitel 15: Minakos Verschwinden

Hey!

Wo gehen wir denn hin, Tante?

Ich bin müde.

Hey!

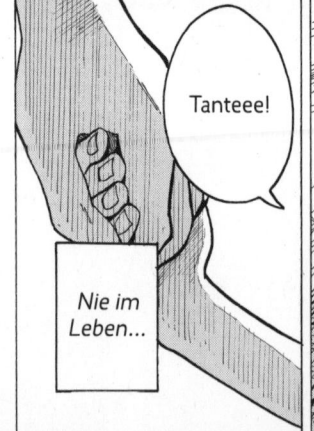

Tanteee!

Nie im Leben...

Niemals!

Dieser Loser...

... dachte ernsthaft, er könne mich betrügen?!

... lass ich ihn damit durchkommen!

Den Jungen zu töten...

Dann wird Ka-keru...

... wird seine Welt zerstören.

Und dann wird er...

Kenta?!

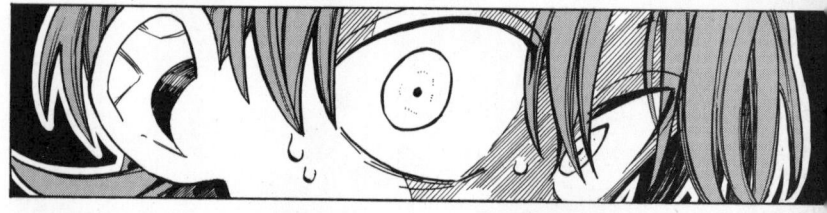

... aufge-
flogen!

Ah!

Hey!

Ich
bin...

Mist!

Nhh...

Kenta!

Komm
schnell
her!

Ich danke Ihnen vielmals!

Ich...

Sie haben Kenta gefunden!

Mach das nie wieder!

Mama!

Er ist von zu Hause weggelaufen.

Ähm ...

Deine Mama ist auch hier.

Da!

Kenta!

Das wollte ich nicht.

Aber...

... dass ich ihn...

Wenn die wüssten...

Sind die komplett bescheuert?!

Also...

Was faseln die da?!

Das war so nett von Ihnen!

Sie haben ihn...

Wohnen Sie auch hier?

... Sie haben ihn...

... hierher zu unserer Wohnung gebracht!

Danke, Tante!

... sogar getragen!

Wie kann ich...

... Ihnen nur danken?

Ah!

Mo-ment!

SWUSCH

Was?

Sagen Sie ihm, er soll...

... nicht mit Fremden mitgehen!

Also...

... und jetzt sind sie überglücklich.

Ich bin so dumm!

Ich wollte ihnen schaden...

Auf ihn herabgeblickt.

Ich hab ihn ja zurückgewiesen.

Und nie mit ihm geredet.

Aber wundert mich auch nicht.

Sind Sie nicht...

Sag nicht...

Verzeihung!

Warten Sie doch!

Sie sind doch die, die neulich drei große Boxen mit je 15 Chicken-Nuggets gekauft hat, oder?

Hab ich recht?

... du erinnerst dich?

... war einfach zu gut.

Die war grottig!

Als ob, du Trottel!

Oder meine Verkaufsmasche...

... die kauft aber viel!

Die muss ein Riesenfan sein!

Ich...

... weiß noch, wie ich dachte...

Als Dankeschön...

Oh!

Hier!

Danke...

Und doch...

... gehasst habe an ihm!

Ja, aber...

Unter Erwachsenen?!

Ge- nau...

Da ist nichts.

Wie?

Wir sind nur Freunde.

Nur Freun- de?

Äh...

Was?

Frau...?

Und...

... alles Gute Ihnen und Ihrer Frau!

Und genau das...

Wer's glaubt, wird selig.

*... liebte
ich an
ihm.*

Will-
kommen
zurück!

Mum!
Da bist
du ja!

Langer
Tag,
hm?

Ah!

...

Oha...

Wir
wollten
dich auf-
heitern.

Hab
gehört,
dass
du die
magst.

Chicken-
Nuggets!

Was
esst ihr
da?

Hatte einen Gut-schein...

Was?!

Ich hab auch welche gekauft!

Mir tut's auch leidl

Ach so.

Das war nicht nett von mir.

Sorry wegen vorhin.

Ich wusste nur von nichts.

Tsubasa...

Vielleicht entdecke ich ja was.

Ich glaube, ich schau mir mein Zimmer auch mal genauer an.

Also...

... ich freue mich, dass es dir besser geht!

Aber...

Wo- bei... Das mit Papa...

Ist schon gut.

Aber willst du nicht wissen, was mit Papa los ist?

Und unserer Situation?

Äh...

Das kann ich nicht empfehlen!

Ich bin jetzt doch bereit, mich an alles zu erinnern.

Mum...

Lass uns nächstes Mal zusammen zum Burger-Laden gehen!

Mach dir deswegen keine Sorgen.

Die Sache mit dem Kerl behalte ich lieber noch für mich.

Ach, nur Sachen aus meiner Vergangenheit.

Weißt du inzwischen irgendwas Neues?

Aber unser Kakeru... scheint echt alles vergessen zu haben.

Oh...

Zum Beispiel...

... was wir in Fukui gemacht haben.

Unfall in Fukui

Was den Unfall angeht, ist aber immer noch alles verschwommen.

DIARY

Ah!

Vergiss es!

Aber ich kann dir helfen!

Ich muss erst aufräumen.

Ich suche es und dann reden wir morgen weiter.

Es muss irgendwo in meinem Zimmer sein!

Was?

Mein Tagebuch!

Du klingst ja wie meine Mum!

Wer soll ich denn sonst sein?

Waaas?

Und musst du morgen nicht zur Schule?

Ab ins Bett mit dir!

Gute Nacht!

Bis morgen.

Also...

Es tut mir leid!
Es tut mir leid!
Es tut mir leid!

Hä?

Ich habe etwas getan, was nie mehr rückgängig gemacht werden kann.

Es tut mir so leid.

Was ist das?

Was?

Es tut mir so leid, Tsubasa.

Wie konnte ich das ver-gessen?

Die Welt steht Kopf!

Tsuba-sa...

... ist doch längst...

Aber ja...

Mum...

Ich...

Warte...

Bitte!

Deine
Zeit ist
um.

Ein
letztes
Mal!

Lass
ihn mich
sehen!

Noch
einmal!

Mum...?

...

Hm?

Hä?

Mums Zimmer...

... ist weg.

Kapitel 16: Kozos Geständnis

Seit wir im Krankenhaus aufgewacht sind...

... sind wir doch nur zu fünft?

Wovon redest du?

Deine Mum?

Ihr Stuhl...

... fehlt auch?

BADOOM

... wie letztes Mal!

Sollen wir noch mal zum Arzt mit dir?

Bist du immer noch verwirrt?

Das ist genau...

Alles okay?

Tsubasa!

Lass uns reden.

Hast du kurz Zeit?

Äh...

Du meinst Minako, oder?

Hä?

ガチャ

KLACK

Opa.

Erinnerst du dich auch an nichts?

Das macht alles keinen Sinn!

Ich weiß.

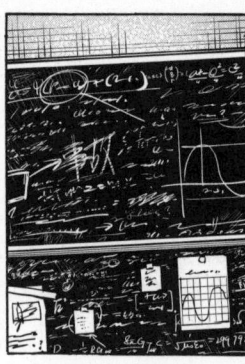

Oh, Gott sei Dank!

Du bist wach.

x 2000

Es dauerte nicht lange, und ich wusste, was los war.

Der Unfall.

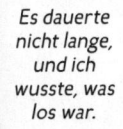

Eine Sackgasse.

Wir stecken fest.

... ging die Schleife von vorne los.

... oder...

... es auch nur aussprach...

Sobald jemand mehr darüber erfahren wollte...

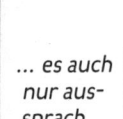

Aber...

... 2000 Mal?!

Im Ernst?

... weißt du, was davor war?

Ja.

Dann ...

Deshalb halte ich alles fest.

Mit ihm hast du dich am 10. Mai versöhnt.

Yuki Nakajima.

... hast du sie damit konfrontiert.

Und am gleichen Abend...

Hä?!

Das hast du am 13. Mai rausgefunden.

Äh...

... trifft sich mit diesem Shuta.

Shiori ...

Steht alles auf der Tafel hinter dir.

Ich weiß noch viel mehr.

Unfass-bar!

Du bist ja cool drauf!

Opa!

Kraaaaass!!

Jun-ge...

Beruhige dich!

K...

Und mit Mum darüber geredet.

Ich hab das alles nicht ver-standen.

Pass auf, wo du hintrittst!

Wir sind ja noch hier...?

Hä?

Ja.

Lässt du mich weiter-reden?

Unfall...

Ich hab's ausgesprochen.

Ich wollte auch mehr über den Unfall wissen...

Ups.

Kakeru hat irgendwas in Gang gesetzt.

Letztes Mal...

In der 1999. Schleife...

... hat sich was verändert.

Seitdem...

Indem er uns alle umgebracht hat.

Mein Papa?

Außerdem...

Der Unfall fesselt uns nicht länger.

... deine Erinnerungen mit.

... nimmst du...

Vermutlich hatte sich Kakeru...

... an irgendwas Wichtiges erinnert.

Und das wollte er uns mitteilen.

Deswegen ist er verschwunden.

Laut meiner Hypothese...

... war es bei Minako auch so.

Sie hat ihr Tagebuch erwähnt!

Und dass sie etwas nachlesen wollte!

Wusste ich es doch.

Wer sich an etwas erinnert...

... verschwindet.

Und hinter alldem steckt...

Hey!

Fall doch nicht mit der Tür ins Haus, Junge!

Wieso denn nicht?!

Ich glaube nicht, dass er böse ist.

Und dass sie verschwunden sind...

Und außerhalb der Zeitschleife...

Was...?

... heißt vielleicht, dass sie es rausgeschafft haben!

... essen sie jetzt Curry oder so.

Aber viel mehr noch als das...

... jagt mir alles eine Heidenangst ein.

Das...

... will ich, dass unsere Familie wieder zusammenkommt!

Rück endlich die Wahrheit raus!

Also, Fake-Papa!

Fortsetzung folgt

Macht's das bes- ser?

Willst du meine Jacke?

Soll ich dir noch mehr von mir ausleihen?

Danke.

Äh, nein danke.

...

Tsuba- sa...

Na los.

Mir ist eh nicht kalt.

Ich hab 'ne große Auswahl!

Nee, echt nicht.

Ich würde sie so gerne wiedersehen.

THE
ICHINOSE
FAMILY'S
DEADLY
SINS

THE ★ ICHINOSE
FAMILY'S
DEADLY
SINS

HALT!

ist eine japanische Serie, die originalgetreu von »hinten«nach
»vorne« und von rechts nach links gelesen wird! Schlagt das
Buch also »hinten« auf und blättert Seite für Seite nach »vorne«
weiter! Auch die Bilder und Sprechblasen werden von rechts
oben oben nach links unten gelesen, wie es in der Grafik gezeigt
wird! Hayabusa wünscht gute Unterhaltung!

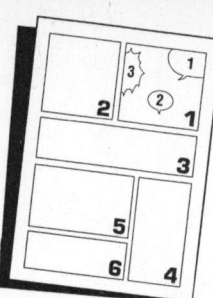

HAYABUSA
2024 Carlsen Verlag GmbH, Völckersstraße 14-20, 22765 Hamburg
Aus dem Japanischen von Gandalf Bartholomäus
ICHINOSEKE NO TAIZAI © 2022 by Taizan5
All rights reserved.
First published in Japan in 2022 by SHUEISHA Inc., Tokyo.
German translation rights in Germany, Austria, Luxembourg and German-speaking
Switzerland arranged by SHUEISHA Inc. through VME PLB SAS, France.
Covergestaltung: Sonnenfisch Production – Laura Bartels
Redaktion: Lisa Duty
Herstellung: Maria Niemann
Alle deutschen Rechte vorbehalten.
Wir behalten uns die Nutzung unserer Inhalte für Text und
Data Mining im Sinne von § 44b UrhG ausdrücklich vor.
ISBN: 978-3-551-62455-0

MIX
Papier | Fördert
gute Waldnutzung
FSC® C083411
www.fsc.org

FOLLOW THE FALCON
www.hayabusa-manga.de
hayabusa_manga
HayabusaTweets

**Unser Versprechen für
mehr Nachhaltigkeit**
• Klimaneutrales Produkt
• Papiere aus nachhaltigen
  und kontrollierten Quellen
• Hergestellt in Europa